# El traje nuevo del emperador

**Dirección editorial:** Raquel López Varela
**Coordinación editorial:** Ana María García Alonso
**Maquetación:** Concepción Moratiel

**Título original:** *Des Kaisers neue Kleider*
**Traducción:** María Victoria Martínez Vega

TERCERA EDICIÓN

© 1999, Esslinger Verlag J. F. Schreiber GmbH, Esslingen - Wien
P. O. Box 10 03 25 - 73703 Esslingen - GERMANY
EDITORIAL EVEREST, S. A.
Carretera León-La Coruña, km. 5 - LEÓN
ISBN: 978-84-241-1631-6
Depósito Legal: LE. 1228-2010
*Printed in Spain* - Impreso en España

EDITORIAL EVERGRÁFICAS, S. L.
Carretera León-La Coruña, km. 5
LEÓN (España)
**Atención al cliente: 902 400 123**
**www.everest.es**

# El traje nuevo del emperador

*Hans Christian Andersen*

*Adaptado por*
**Arnica Esterl**
*Ilustrado por*
**Anastassija Archipowa**

**everest**

4

Hace ya muchos años vivía un emperador, a quien le gustaban tanto los trajes nuevos que se gastaba todo su dinero en el capricho de vestir bien.

No le interesaban sus soldados, ni montar a caballo por sus enormes jardines, si no podía estrenar un nuevo traje. Tenía uno para cada hora del día y de la misma manera que suele decirse la frase: "El Rey está reunido en consejo", con aquel emperador se decía siempre: "El emperador se encuentra en su ropero".

En la ciudad donde vivía siempre estaban de fiesta. Todos los días llegaban muchos extranjeros a la ciudad. Un buen día llegaron dos estafadores. Se hacían pasar por tejedores y comentaban a todo el mundo que sabían hacer los trajes más hermosos que uno pudiera imaginarse.

No sólo empleaban colores y dise-
ños de una belleza poco común, sino
que también los trajes hechos con su
tela poseían una extraordinaria cua-
lidad: se hacían invisibles ante cualquier persona que no fuera cualificada para su posición o que fuera
rematadamente tonta.

"¡Qué trajes más hermosos!",
pensó el emperador. "Cuando me los
ponga, podré saber qué personas de

mi Reino no son adecuadas para su
empleo y podré distinguir los sabios
de los estúpidos. ¡Sí, es preciso que
me hagan un traje!".

Y adelantó a los dos estafadores
una gran suma de dinero para que
pudieran comenzar su trabajo.

Sentados en dos sillas delante de
un telar hacían como que trabajaban,
pero lo cierto era que en el telar no
había nada. Pedían a países muy leja-

nos grandes cantidades de la más fina seda y de hilo de oro puro, y así iban llenando sus propios sacos, mientras continuaban trabajando sobre el telar vacío hasta muy entrada la noche.

"Es hora de saber cómo van con mi traje", pensó el emperador.

Pero le inquietaba la idea de que cualquier persona necia o incompetente para su trabajo no pudiese verlo.

Probablemente nunca se le pasó por la imaginación preocuparse por sí mismo del asunto, pero pensó que lo más acertado sería enviar a alguien primero para que le informase de cómo iba lo del traje. Toda la gente de la ciudad estaba enterada de los poderes del nuevo traje, y era lo suficientemente maliciosa como para desear ver si su vecino era un necio o un incompetente.

"Enviaré a mi viejo y honrado Primer Ministro para que vaya a ver los tejedores", pensó el emperador. "Creo que él es el mejor para inspeccionar el trabajo. Es bastante inteligente y no hay persona más cualificada para ocupar su puesto".

Así que el anciano y honrado ministro se dirigió hacia el taller donde se encontraban los dos estafadores simulando tejer sobre el telar vacío.

"Dios mío", pensó el anciano, "si no veo nada".

Entonces los estafadores le invitaron a acercarse.

—¿No es un diseño maravilloso? Los colores, ¿no son preciosos? —le preguntaron.

Le mostraron el telar vacío y el pobre ministro, por más que abría los ojos, no veía absolutamente nada, pues no había nada que ver.

"Dios mío! ¿Seré tonto? Nunca lo hubiera imaginado. Nadie debe saberlo. ¿Será que no valgo para mi alto cargo? ¡No, no quiero confesar que no puedo ver la tela!", pensaba el ministro.

—Bueno, díganos, ¿qué opina de nuestro trabajo? —le preguntó uno de los estafadores.

—¡Oh! ¡Es magnífico! ¡Realmente magnífico! —dijo el anciano ministro mirando fijamente—. ¡Qué dibujo y

qué colores! Sí, se lo comunicaré al emperador que la obra es de mi total agrado.

—¡Cuánto nos alegramos! —dijeron los tejedores, y comenzaron a describirle los colores y los complicados dibujos con todo detalle. El anciano ministro escuchaba atentamente para poder describírselo del mismo modo al emperador.

¡Y así lo hizo!

Los estafadores volvieron a pedir más dinero, más seda y más fibras de oro que decían necesitar par poder continuar tejiendo.

Volvieron a guardárselo todo y ni un solo hilo apareció cuando reanudaron su trabajo, como siempre, sobre aquel telar vacío.

Muy pronto el emperador envió a uno de sus viejos y honrados consejeros para que comprobara la mar-

cha del trabajo y para ver si el traje estaría pronto terminado.

Lo mismo que hizo el Primer Ministro: miró y remiró, pero, como no había nada allí colgado, pues nada pudo ver.

—¿No es una tela extraordinaria? —le preguntaron los dos granujas a la vez que le mostraban y le describían el bellísimo dibujo que en realidad no existía.

"¡Pero si yo no soy tonto!", pensó el hombre. "¿Será que no valgo para mi alto cargo? ¡Esto es ridículo! La gente se reirá de mí. ¡Nadie debe enterarse!".

Felicitó a los estafadores por la hermosa tela que él no veía y les manifestó su admiración por su textura y hermoso diseño.

—¡Sí, es extraordinario! —le comunicó al emperador.

Y la gente del pueblo comenzó a hablar sobre tan maravilloso traje.

Por fin el propio emperador quiso ver la tela sobre el telar.

Acompañado por su brillante séquito de hombres distinguidos de la corte, entre ellos el Primer Ministro y el Consejero, se acercó a los tejedores, que tejían con afán, pero sin sombra de hilo.

—¿No es magnífico? —preguntaron al emperador los dos honrados ancianos que habían estado allí anteriormente inspeccionando el traje.

—¿Tiene la bondad su Alteza Imperial de acercarse por este lado? ¡Qué diseño y colorido! —repetían

señalando el telar vacío, creyendo que los demás podrían contemplar perfectamente la tela.

"Pero, ¿qué es esto?", pensó el emperador para sí. "¡No veo absolutamente nada! ¿Será que soy tonto? ¿O acaso es que no valgo para ser emperador? ¡Oh, no puede ser!¡Qué terrible decepción!"

—¡Espléndido! —dijo por fin en voz alta—. Les felicito —y asentía repetidas veces con la cabeza para demostrar su agrado, mientras examinaba el telar vacío sin admitir que no era capaz de ver nada.

Los cortesanos que acompañaban al emperador, miraban y remiraban, aunque no conseguían ver más que lo que habían visto los demás. Sin embargo, siguiendo el ejemplo del emperador, repetían:

—¡Oh, es extraordinario! —y le aconsejaron que estrenase el traje el día del gran desfile que iba a tener lugar próximamente por las calles de la ciudad.

—¡Es realmente magnífico! ¡Excelente! ¡Es genial! —comentaban unos y otros.

De este modo, quedaron todos satisfechos y el emperador condecoró a los tejedores con una medalla oficial y además les nombró "Honorables Caballeros Tejedores".

La noche anterior al desfile, los granujas, alumbrados por dieciséis candelabros, la pasaron simulando que trabajaban sin descanso. Toda la gente de la ciudad podía contemplar

con qué afán iban terminando el traje del emperador. Los dos estafadores fingían quitar la tela del telar. La cortaban en el aire con unas enormes tijeras de sastre, cosían la falsa tela con una aguja sin hilo. Por fin hicieron correr la voz: el traje del emperador estaba listo.

El emperador llegó acompañado de toda su corte. Cada uno de los granujas subía y bajaba los brazos haciendo como si sostuviera algo en las manos.

—¡Alteza Imperial! Aquí tenéis los pantalones. Y aquí vuestra chaqueta, vuestra capa…

Y así sucesivamente.

—Todo es tan delicado como una tela de araña. Parece como si nada tuviese en las manos.

—Ésa es precisamente una de las prodigiosas cualidades que tiene nuestro tejido.

—¡Es cierto! —asintieron todos los cortesanos, aunque no veían nada, pues nada había que ver.

—¡Alteza Imperial! Tened la bondad de desvestiros —le dijeron los dos pillos—. Nosotros mismos le probaremos el traje.

El emperador se despojó de sus vestidos y los dos bribones hicieron como que le ponían una prenda tras otra de las que se suponía que habían tejido. Finalmente le ciñeron la cintura como si le abrocharan una espe-

cie de cinturón, y el emperador se miró de un lado a otro en el espejo.

—¡Oh, Alteza Imperial, qué bien os sienta! —decían todos—. ¡Qué línea! ¡Qué colores! ¡Es un precioso!

—Os esperan fuera con el palio, bajo el cual caminará Vuestra Alteza Imperial durante el desfile —anunció, digno, el Maestro Imperial de Ceremonias.

—¡Muy bien! Estoy preparado —contestó el emperador—. Me sienta bien, ¿no? —y se miró una vez más en el espejo para admirar el traje.

Los chambelanes que debían llevar la cola hicieron un ademán, inclinándose hasta el suelo como para recoger la larga cola, e iniciaron la marcha con las manos en alto, sin atreverse a confesar que no veían absolutamente nada.

Y así el emperador prosiguió su marcha bajo el palio durante el desfile, y la gente en las calles y desde las ventanas exclamaba:

—¡Qué bonito el traje del emperador! ¡Qué espléndida cola! ¡Qué bien le sienta!

Nadie estaba dispuesto a decir que no veía el traje, porque le hubieran tomado por tonto o por un inepto. Jamás el emperador había despertado tanta admiración con ninguno de sus otros trajes.

—¡Pero si no lleva nada encima! —gritó un niño.

—¡He aquí la voz de la inocencia! —dijo el padre, y unos a otros se fueron repitiendo las palabras del niño.

—¡No lleva nada encima! ¡Un niño ha gritado que el Emperador va desnudo! ¡Va desnudo! —gritaron todos a coro.

El emperador tembló para sus adentros, y comprendió que la gente tenía razón, pero pensó: "Debo seguir el desfile hasta el final". Y se irguió aún con más arrogancia, y los chambelanes siguieron sosteniendo la cola que no existía y que nunca había existido.